Elisabeth Wein

Der Gatte,
der Teenager und ich

CORONotizen aus der Kleinstadt

Die Autorin

Elisabeth Wein, 1980 in Grafenau im Bayerischen Wald geboren, hat in Eichstätt und Wien Journalistik studiert: mit dem Ziel vor Augen, Auslandskorrespondentin in Argentinien zu werden. Leider kollidierte der dazu notwendige Spanisch-Kurs mit ihren Aktivitäten bei einem Eichstätter Musik- und Theaterverein, in dem sie auch noch ihr Herz an einen „Eingeborenen" verlor. Deshalb ist sie der Stadt treu geblieben und arbeitet hier als Journalistin und in der Öffentlichkeitsarbeit. Zudem spielt und schreibt sie Kabaretts, Musicals und an ihrem ersten Roman.

Umschlaggestaltung: Matthias Anders
Titelbild: © iStock/setory

Copyright © 2020 Elisabeth Wein
Herstellung und Verlag: BoD - Books on Demand, Norderstedt

ISBN 978 3 7526 111 44

Willkommen in der Familie

Das arme Jahr 2020 muss den Tatsachen ins Auge schauen: Es wird als Corona-Jahr in die Geschichte eingehen, da helfen die paar Wochen am Jahresanfang auch nichts mehr. Daran wollen die folgenden Texte – ursprünglich zwischen März und August 2020 als Kolumne im EICHSTÄTTER KURIER erschienen – gar nichts beschönigen.

Aber: Jede Lage, so ernst sie auch sein mag, wird leichter mit Humor. Das galt 2020 ganz besonders, als man dank Lockdown, Homeoffice und Heimbeschulung plötzlich viel mehr Zeit mit der eigenen Familie verbrachte, als man es sich jemals vorstellen konnte.

Genau davon erzählen die „CORONotizen aus der Kleinstadt": vom Corona-Alltag einer – je nach Betrachtungsweise – ganz normalen Familie, die fröhlich ihr

Kleinstadtleben genießt. Und auch wenn es diese Familie, bestehend aus Mutter, Vater und Teenager-Sohn, tatsächlich geben und sich darin durchaus ein wahrer Kern finden sollte, sind doch alle Begebenheiten frei erfunden.

Nun gut, manche sind vielleicht tatsächlich so passiert. Welche das sind, sei der Fantasie überlassen. Denn was ist schließlich schon normal…

Elisabeth Wein, September 2020

1

Essen fassen

Der Gatte, der Teenager und ich erstellen einen Essensplan, um in Corona-Zeiten nicht jeden Tag einkaufen zu müssen. Führende Ernährungs- und Schuldnerberater empfehlen solche Pläne seit Jahren, die wir wiederum seit Jahren ignorieren. So pflegt der Gatte beim Frühstück eine intime Beziehung zu einer kurvigen Nussschnecke vom Lieblingsbäcker, der Teenager beharrt auf einer möglichst nährstoffarmen Scheibe Toast und ich wechsle je nach Ernährungstrend zwischen handgepflücktem Superfood und einer halben Kuh.

Wie der Gatte sich mittags sättigt, ist mir ein Rätsel. In meiner Fantasie steht er halbnackt in einem reißenden Gebirgsbach und fängt mit bloßer Hand einen Lachs, den er roh verspeist. Dass die Altmühl, die durch unser Städtchen fließt, weder reißend noch ein Lachsfluss ist, ist mir durchaus bekannt. Aber die Vorstellung, wie der Gatte in

Watthosen einen Döbel aus dem trüb-trägen Wasser angelt, ist nur halb so anregend.

Der Teenager nutzt die großelterliche Küche sowie die kulinarischen Höhepunkte der Stadt. Längst schon hängt sein Konterfei als „Kunde des Monats" an so mancher Dönerbudenwand. Ich selbst nehme mittags nur eine Kleinigkeit zu mir, die Körper und Geist nicht belastet. Rede ich mir zumindest ein, bevor ich in Käsespätzle bade.

Täglich gegen 16 Uhr klingelt mich der Gatte mit der stets gleichen Frage in der Arbeit an: „Und, Abendessen?" Als ob diese Familie schon jemals freiwillig darauf verzichtet hätte. Dem „Was wollen wir kochen?" meinerseits folgt unweigerlich „Keine Ahnung, aber bringst du was mit?".

Meine Kollegen kennen das Spiel. Sobald ich seufzend auflege, steuern sie eigene Vorschläge bei. „Schinkennudeln" ruft die Kollegin. „Hatten sie erst vorgestern", kontert der Kollege, „aber Kartoffel-Auflauf wäre top." Unser ITler, zugeschaltet per Videokonferenz, empfiehlt aus Figurgründen Low Carb. Aus dem Klo schallt es gedämpft, dass der Teenager etwas blass aussehe und ein eisenreiches Rindersteak den Tisch decken sollte. Die Buchhaltung grätscht dazwischen: „Hülsenfrüchte sind viel günstiger." „Aber die verträgt ihr Mann nicht", argumentiert der mir namentlich nicht bekannte Herr, der die Klimaanlage in unserem Büro wartet. Nach heftiger Diskussion, dem Verbrauch mehrerer Flipchart-Bögen und einem teambildenden Vertrauensspiel einigen sie sich auf Rindergeschnetzeltes (im Angebot) mit fettarmer Kochsahne und Rote-Bete-Salat.

Soweit die Abendessens-Planung im Normalfall. Doch Corona hat mich des hilfsbereiten Kollegenkreises beraubt. Seit einer Stunde sitzen der Teenager, der Gatte und ich nun schon hilflos und hungrig über dem Essens-plan, Magenknurren hallt bedrohlich von den Wänden wider. „Döner-Drive-in ist noch erlaubt" sagt der Teen-ager schließlich. Mein Handy piepst – eine Nachricht vom Klimaanlagen-Mann: „Döner ist eine gute Idee. Für den Gatten aber ohne Zwiebeln, sein Magen, du weißt schon."

2

Der Goltermann-Gong

„Ihr Kind braucht klare Strukturen!" Dieser Satz, gesprochen von der Kindergarten-Erzieherin des Sohnes, hat sich tief in mein Gedächtnis gebrannt. Mittlerweile überragt eben dieser Sohn mich um eine Kopfeslänge, was – unter uns gesagt – keine Kunst ist. Im Gegensatz zum Dreijährigen in putzigen Latzhosen ist der Teenager bestens in der Lage, im Normalfall seinen Tag ganz gut selbst zu strukturieren. Im Normalfall. Normaaaaaaaaal-Fall. Genau da haben wir den Salat. Zur Zeit heißt es nicht nur Hausaufgabe, sondern auch Hausschule. Und dazu noch beide Elternteile im Homeoffice.

„Klare Strukturen" bellt da sofort mein stets verunsichertes erzieherisches Bewusstsein. Kurze Rücksprache mit dem Gatten und der Beschluss, dem Teenager zu Hause ein möglichst gewohntes Lernumfeld zu bieten, steht. Kurz spiele ich mit dem Gedanken, dem Sohn um 7 Uhr morgens eine gefühlt 180 Kilo schwere

Schultasche auf den Rücken zu schnallen und ihn damit dreimal durch die Siedlung zu jagen, um den Schulweg zu simulieren. Doch um eine jugendliche Meuterei schon in den ersten Tagen zu verhindern, einigen sich der Gatte und ich auf andere Aktionen.

Zunächst gilt es, die Sinne ganz auf Schule einzustellen: Also kleben wir Kaugummi unter den Esstisch und holen des Gatten verstaubtes Holzschnitzwerkzeug aus dem Keller. Damit ritzen wir auf die sorgfältig geölte Tischplatte menschheitsverändernde Weisheiten wie „In der 9c sind alle Opfer!". Schnell noch ein Destillat aus alten Turnschuhen und Weichbodenmatten gekocht und damit sämtliche Duftlampen befüllt – und los geht es um Punkt 8 Uhr mit der Heimbeschulung. Des Gatten selbstinstallierter Gong lässt daran keinen Zweifel.

YouTube bietet übrigens eine große Auswahl an verschiedenen Gongs. Wir entscheiden uns einstimmig für den absteigenden Dreiklang des „Wandel & Goltermann Alarm-Gongs" aus den 1960er Jahren. Dessen mächtige Schallwellen treiben den Teenager quasi automatisch an seinen Laptop am Esstisch, wo ihn bereits ein völlig überlastetes „Mebis-System" erwartet.

Punkt halb zehn verkaufe ich in der Küche Leberkäs-Semmeln. Der Teenager bekommt leider keine ab, da ihm der Gatte vorher im Gang auflauert und ihm sein Essensgeld abnimmt. Danach schnitze ich aus Kartoffeln verschiedene Motivationsstempel und verziere den Teenager damit an Armen und Beinen („Weiter so!", „Arbeite sorgsamer!", „Ist diese Kommasetzung Dein Ernst?").

Endlich erlöst das Mittagessen den Sohn vom Heimschultag. Vorher muss er aber noch duschen gehen – anders lassen sich die 132 Spucke-Kügelchen, die ihm der Gatte während des Vormittags zielsicher ins Haar geworfen hat, leider nicht entfernen.

3

Lamentierende Laubbläser

Der Gatte hat Frühlingsgefühle. Keine Sorge, es folgt keine Beschreibung der komplizierten Balzrituale unseres Ehelebens – obwohl sie es sehr wohl wert wären, Thema eines schulischen Lehrfilms zu werden. Die Älteren unter uns können sich noch an die 16-Millimeter-Lichttonfilme erinnern, die in brotlaibgroßen Blechdosen daherkamen und eine Schulstunde voll komatösem Schlaf im abgedunkelten Bio-Saal versprachen.

So schön die Vorstellung auch ist, das Werben des jungen Gatten auf Zelluloid zu bannen und damit den Teenager dauerhaft zu verstören, geht es um etwas anderes: der Gatte und der Garten. Während ich mich darauf beschränke, Zeitschriften wie „Landidee", „Landlust" und „Landplage" zu lesen und die Blumentöpfe auf der Terrasse neu zu arrangieren, ist am Gatten ein Großgrundbesitzer verloren gegangen.

Jedes Jahr im Frühling durchschreitet er unsere ausgedehnten Ländereien – oder wie man ein durchschnittlich großes Grundstück in der Neubausiedlung sonst bezeichnet – und plant umfangreiche Erdbewegungsarbeiten. Mein kümmerliches Gemüsebeet, das mit dem Jahresertrag von zwei Karotten und einem Kohlrabi jeder Beschreibung spottet, weicht flugs einem orientalischen Pavillon, der morsche Sandkasten verwandelt sich in einen buddhistischen Zen-Garten und aus meiner kaputten Wäschespinne zaubert der Gatte einen expressionistischen Rosenbogen. Ja, ich muss es zugeben, er ist der MacGyver von Mulch und Mischkultur.

Doch nun fehlt dem Gatten für die Umsetzung seiner Ideen der wichtigste Partner. Ich bin dieser aufgrund mangelnder handwerklicher Qualifikation nicht und auch der Teenager wird nur gegen seinen Willen ans Tageslicht gezerrt. Nein – es ist der Baumarkt. Und dieser hat bekanntlich derzeit geschlossen.

Der Gatte zeigt bereits deutliche Entzugserscheinungen. Nicht nur, dass er mit eingezogenem Haupt durch den Garten schleicht und sein inaktives Schicksal bedauert! Lümmle ich mich in meinen Liegestuhl, um in der Homeoffice-

Mittagspause die Sonne zu genießen, wirft der Gatte Punkt 13 Uhr den Laubbläser an und macht so seinem Unmut lautstark Luft.

Für den Samstag, klassischerweise Hauptarbeitstag aller Kleingärtner, befürchte ich das Schlimmste. Und tatsächlich: Kaum bin ich im geliebten Liegestuhl in den Tiefschlaf gefallen, weckt mich ein Kitzeln an den nackten Zehen. Vor mir kniet der Gatte, bewaffnet mit einer Nagelschere: „Muss Rosen düngen", wispert er mit irrem Blick, „brauche Hornspäne." Nur durch einen Hechtsprung entkomme ich dem Missbrauch meiner Zehennägel und flüchte mich in den Gartenschuppen. Der Teenager eilt zur Rettung und lockt seinen Vater mit einer Spur aus Düngestäbchen zurück ins Haus. Dort binden wir den Gatten mit Blumendraht auf der Couch fest und lesen ihm aus alten Gartenprospekten vor, bis er eingeschlafen ist. Ich küsse den Gatten auf die Stirn und flüstere: „Ich habe im Notfall-Vorrat noch einen Sack Rindenmulch – den bekommst du, wenn du aufwachst, mein Schatz."

4

Revolution im Schlafanzug

Als unsere Belegschaft ins Corona-Homeoffice zog, mailte ein Kollege einen Ratgeber für erfolgreiche Heimarbeit – reich an Tipps und bebildert mit Fotos, auf denen dicke Katzen Laptop-Tastaturen vollhaaren. Überhaupt scheint es mir, dass Homeoffice erst mit mindestens einer Katze im Haushalt möglich ist, womit ich leider nicht dienen kann. Zwar neigt der Gatte zum Haaren, doch die Vorstellung, wie er sich auf meiner Tastatur räkelt und dabei Fellbällchen auswürgt, ist eher verstörend als motivierend.

Der Ratgeber erklärt auch, dass im deutschen Rechtssystem gar nicht vom Homeoffice, sondern vom Telearbeitsplatz die Rede ist. „Telearbeitsplatz", mokiere ich mich, „das klingt furchtbar altmodisch und erinnert an die elektrische Schreibmaschine meiner Mutter, deren abendliches Klappern das Wiegenlied meiner Kindheit war."

Während ich mich noch wehmütig an Tippex und Farbbänder erinnere, warnt der Gatte vor allzu schicken Anglizismen. Also befrage ich, niemals willig, ihm das letzte Wort zu lassen, das Online-Wörterbuch. Und sieh an: Zwar gibt es im Englischen das Wort „home office", was aber neben Heimarbeit genauso gut Firmenzentrale oder auch Innenministerium heißen kann. Mein unaufgeräumter Schreibtisch ein Innenministerium? Dieser Gedanke gefällt mir! Ich biete dem Teenager den Posten des Staatssekretärs an, der jedoch dankend ablehnt und lieber weiterhin von der Couch aus die Weltherrschaft plant.

Aber zurück zum Leitfaden für den erfolgreichen Telearbeitsplatz: Er warnt eindringlich davor, in Schlafanzug oder Jogginghose den Schreibtisch zu entern. Keinesfalls soll sich bei der Arbeit Couch-Gemütlichkeit einstellen. Was geschähe wohl, würde unsere erwerbstätige Leibesmitte nur noch von ausgeleierten Jogginghosenbünden zusammengehalten? Wäre die Folge eine Revolution der Telearbeiterinnen und Telearbeiter – getreu der Parole „Schlabberhosenträger aller Länder, vereinigt euch"?

Na gut, denke ich, so weit will ich es nicht kommen lassen. Wehmütig hauche ich meinem flauschigen Einhorn-Schlafanzug ein „Bis heute Abend, Schatz!"

zu. Stattdessen: duschen, anständig anziehen (inklusive BH!), Haare an die richtige Stelle rücken und Gesicht aufmalen. Ob das der Arbeitsmoral wirklich hilft, weiß ich nicht, aber der Gatte zuckt nicht jedes Mal erschrocken zusammen, wenn wir uns im Hausflur treffen.

Bis gestern ging dies gut. Doch heute erschien der Teenager mit einem seiner berüchtigten Sprüche-T-Shirts zum Frühstück. Darauf in dicken Lettern: „Mein Chef sagt, ich soll mich für den Job kleiden, den ich will, nicht den ich habe. Sitze jetzt als Batman im Meeting." Da kann der Homeoffice-Ratgeber noch so gut argumentieren, diese Losung trifft mich als revolutionäre Telearbeiterin im Innersten. Und so schalte ich mich wenig später in die erste Videokonferenz des Tages, gewandet im Kostüm der Herzkönigin aus „Alice im Wunderland". Während sich die Grinsekatze auf meiner Tastatur breitmacht, schmettere ich Kundschaft und Kollegen ein fröhliches „Ab mit dem Kopf" entgegen – erhobenen Hauptes, selbstverständlich.

5

Buchteln des Todes

Diese Woche begingen der Gatte und ich unseren Hochzeitstag. Im Gegensatz zu vielen Promipaaren feiern wir diesen eher unspektakulär, dafür aber mit kreativen Kleinigkeiten – also keine Erneuerungsliebesschwüre am Strand, keine prachtvollen Juwelen, nicht einmal ein klitzekleines Partner-Tattoo. Wären wir berühmt, wir wären eine einzige Enttäuschung für „Gala", „Bunte" und selbst für die „Adel aktuell".

Am Morgen unseres Corona-Hochzeitstages stellte sich mir nun die Frage, was der Gatte sich unter diesen erschwerten Bedingungen wohl hat einfallen lassen: Hat er aus den Wollmäusen unter dem Bett eine Skulptur geformt, die mich als Elfenkönigin zeigt? Hat er mir ein blutiges Herz auf den Tisch gelegt, bestehend aus den Innereien des fürs Mittagessen aufgetauten Landhühnchens?

Doch stattdessen erwartet mich der Gatte mit einem kleinen Schmuckkästchen. Schmuck? Wird der Gatte seinen Prinzipien untreu? Doch nein! Als ich das Kästchen öffne, liegt dort – gebettet auf weichem Satin – ein Würfel Hefe!

„Hefe!", hauche ich, vor Rührung zu keinem anderen Wort fähig. Hätte der Gatte mir bei Schneesturm im Hochgebirge ein Edelweiß gebrochen, ich wäre nicht glücklicher. Stolz berichtet er mir von den Gefahren, die ihm bei der Hefe-Suche drohten, welche Prüfungen er bestehen und welche Flüche er abwehren musste.

Voller Dankbarkeit trage ich meinen wertvollen Schatz in die Küche. Irgendwie verstehe ich ja, warum die Frisch- und Trockenhefe-Regale im Lockdown wie leergefegt sind. Nichts ist tröstlicher als der Duft frischen Hefegebäcks. Dank einer böhmischen Großmutter, die noch unter Kaiser Franz Josef geboren wurde, bin ich genetisch auf Speisen festgelegt, die sich im Teigzustand um ein vielfaches vergrößern. Germknödel, Buchteln, Nussstriezel, Kipferl, Rohrnudeln lassen meinen Puls schneller steigen als das „Dampferl" aufgehen kann.

Doch was passiert, wenn all die Menschen, die in den vergangenen Wochen sämtliche Hefe weggehamstert haben, gleichzeitig Hefeteig machen? Sofort kommt mir das grimmsche „Märchen vom süßen Brei" in den Sinn, bei dem ein magisches Breitöpfchen außer Kontrolle gerät und eine ganze Stadt mit Brei vollschlonzt. Vor meinem geistigen Auge sehe ich Hefeteig-Massen aus Eichstätts Fenstern quellen, gigantische Germknödel begraben unter sich Mann und Maus und durch das Bett der Altmühl wälzt sich ein alles vernichtender Nussstriezel.

„Ruhig", sagt der Gatte, „die Hefe ist nur ein Teil des Geschenks!" Spricht's und überreicht mir einen 12-Liter-Gäreimer samt einem Säckchen Malz und einer Tüte Hallertauer Rohhopfen: „Heute backst du, morgen braust du – alles Liebe zum Hochzeitstag, mein kleines Rumpelstilzchen!"

6

High Heels aus Horn

Ich muss gestehen: Ich beneide den Gatten. Die Corona-Krise beeinträchtigt seine herbe Schönheit in keinster Weise. Um in voller Pracht zu erstrahlen, ist er auf keinerlei fremde Hilfe angewiesen. Schon vor längerem erklärte er, dass eine Frisur vollkommen überbewertet werde – stolz trägt der Gatte nun oben ohne. Ich finde das toll, schon allein, weil ich nicht mehr alle paar Wochen zur Schere greifen und das männliche Resthaar dilettantisch in Form bringen muss. Dafür glänzt des Gatten spiegelglatte Birne um die Wette mit Bruce Willis, Vin Diesel, Kojak und Meister Proper.

Beim Teenager und mir ist die Situation deutlich haariger. Beide sind wir nun schon ein paar Wochen beim Friseur überfällig, beide wird uns in absehbarer Zeit ein selbstgewebtes Gewand aus Eigenhaar umhüllen. Schon jetzt kann ich nur noch vermuten, dass ich täglich das richtige Kind mit Essen versorge, denn bis zum Kinn wuchert bei ihm wilde Lockenpracht. Würde er sich aus meinem Kleiderschrank noch eine Leopardenleggins und ein Netzshirt borgen, er hätte den perfekten Look für jede 70er-Jahre Rockband. Nun hätte ich kein Problem, wenn Vater und Sohn in diesen Zeiten Partnerlook tragen würden – bei der Frisur natürlich, der Gatte in Leopard wäre selbst für mich zu viel. Doch scheint mich der Teenager komischerweise zu meiden, seit ich mit dem elektrischen Langhaarschneider um sein Zimmer schleiche und dabei „In the army now" singe.

Andererseits verstehe ich auch, warum der Teenager seine neue Wallemähne nicht in meine Hände geben will. War ich schon bei der Frisur seines Vaters keine große Hilfe, so habe ich bei ihm gänzlich versagt. Einmal habe ich versucht, ihm das weiche Kleinkindhaar in bewährter Topfschnitt-Manier zu trimmen, wovon sich weder Sohn noch Anverwandte begeistert zeigten. „Modell Klein-Doofie" waren noch die netteren Kommentare zu meiner Kreation.

Bleiben also noch meine Beauty-Bedürfnisse. Wobei – ich traue mich schon kaum mehr, von Beauty zu sprechen. Kernsanierung trifft es wohl eher. Am immer weißer werdenden Haaransatz offenbart sich mein wahres Alter (grob geschätzt 102), Nägel splittern wie

Blätterkrokant und meine Augenbrauen scheinen fest entschlossen, zu einer dämonischen Einheit zusammenzuwachsen. Am schlimmsten trifft es aber meine Füße, immer schon eine Schwachstelle in der göttlichen Gesamterscheinung. Der regelmäßige Gang zur Fußpflege musste aus bekannten Gründen entfallen und schon jetzt scheine ich dank Hornhautüberschuss an den Fersen um einige Zentimeter gewachsen zu sein. High Heels aus Horn – welch widerliche Vorstellung.

Ich frage den Gatten, ob ich mir seine Schutzbrille und diverse Meißel ausleihen darf, um meinen Fersen auf den verschrundeten Pelz zu rücken. Der Gatte inspiziert kurz meine nackten Füße und führt mich ins Wohnzimmer. Dort schiebt er mich in leichter Schräglage über den Boden und schleift so den in die Jahre gekommenen Eichenboden, dass die Späne nur so fliegen. „Endlich Weib und Werkzeug in einem!", ruft er glücklich durch den ohrenbetäubenden Lärm. Ich überlege, ob ich mir noch einen Grillrost auf den Bauch schrauben soll. Dann wäre meine Transformation zur Traumfrau endlich abgeschlossen.

7

Im ewigen Eis

Wenn man viel mehr Zeit zu Hause verbringt als sonst, dann fallen Dinge ins Auge, die das Bewusstsein sonst gekonnt ausblendet. Das beginnt bei dreckigen Fenstern (Ach, draußen ist es hell?!), setzt sich fort über Wiederbelebungsmaßnahmen bei verkrüppelten Zimmerpflanzen und endet bei verwahrlosten Schubladen, die man schnell mal aufräumen will und sich zwei Tage später immer noch fragt, zu welch antikem Gerät dieses Ladekabel wohl gehört.

Solch eine häusliche Baustelle wandert bei uns von einer To-Do-Liste auf die nächste: das Ausmisten und Abtauen der Tiefkühltruhe. Dass für diese aber jetzt die Zeit gekommen ist, belegte kürzlich ein Abendessen. Schon am Nachmittag stand der Gatte wie ein stolzer Kapitän auf unserer Terrasse und hielt die Nase in den Wind: „In 76,38 Metern Entfernung wird gegrillt!", erschnupperte er fachmännisch und nahm sofort Kurs auf in Richtung Outdoor-Abendessen.

Beim Thema Grillen hat die Gleichberechtigung bei uns zu Hause total versagt. Nach wie vor erlegt der Gatte als familiäres Alpha-Männchen beim Metzger so manches Teil von Schwein und Rind, nach wie vor sammle ich in einem Weidenkörbchen Tomate-Mozzarella und Kräuterbaguette. Vergangenen Sommer wurde auch der Teenager in einem feierlichen Initiationsritus in die Kunst des Grillens eingeführt. Dafür musste er zusammen mit Vatern und einem Rudel befreundeter Grill-Männchen eine Nacht lang zu Trommelklang um den Smoker tanzen – eingerieben mit extra scharfer Marinade und mit einer Kriegsbemalung aus Grillkohle.

Doch zurück zum Abendessen. Da man ja derzeit nicht jedem Einkaufseinfall nachgeben soll, bestückte der Gatte den Grill mit Vorräten aus der Tiefkühltruhe. Auf meine Frage, was er da grille und von wann das sei, konnte er mir keine Auskunft geben. Dafür durfte ich es vorkosten, mein Gaumen sei schließlich der Feinere. Der erste Bissen war zunächst vielversprechend, doch den köstlichen Röstaromen folgte ein geschmacklicher Reigen der Widerlichkeiten. Während ich das an Gefrierbrand verendete Fleisch auswürgte und meinen Gaumen mit Hochprozentigem desinfizierte, markierte der Gatte das Ausmisten der Tiefkühltruhe mit Priorität eins.

Am nächsten Morgen ist es so weit. Im Keller errichte ich ein einfaches Expeditionszelt, um die archäologischen Funde aus unserer Tiefkühltruhe besser untersuchen zu können. Schutzanzüge und Behälter für biologisch kontaminierten Abfall stehen bereit.

Der Gatte seilt sich derweil ab ins ewige Eis und pickelt sich durch die verschiedenen Zeitalter unserer Vorratshaltung. Er gräbt sich durch die eisige Kirschernte eines längt vergangenen Sommers, im Licht seiner Stirnlampe taucht fossiles Suppengemüse auf und zwischen blauen Eisschichten krümmt sich ein Schnitzel in bizarren Formen. Wenn mich nicht alles täuscht, zeugen Hieroglyphen, die in eine 3000 Jahre alte Tupper-Dose gemeißelt sind, vom Nil-Delta als Herkunftsort.

Ganz unten in dieser magischen Eiswelt findet der Gatte dann auch unser Abendessen für morgen. Es gibt gegrillten Yeti. Mit Tomate-Mozzarella.

8

Spieltrieb

Überall bekommen Eltern jetzt Tipps, wie sie den Nachwuchs zu Hause beschäftigen können. Da werden ganze Papiertonnen auf dem Wohnzimmerboden entleert, um den Kindern genügend Mal- und Bastelmaterial zur Verfügung zu stellen. Leider kommen Eltern dabei schnell an ihre Grenzen, wenn sich herausstellt, dass das Vorschulkind besser als Vati mit der Bastelschere umgehen kann und Muttis gezeichnetes Einhorn mehr an schwere Tierquälerei als an ein Fabelwesen erinnert.

Für Großeltern und weitere Anverwandte, die derzeit nicht persönlich mit der Anwesenheit des Nachwuchses bedacht werden können, formen die süßen Kleinen knubbelige Salzteiggebilde. Wie groß erst der Spaß, wenn die Beschenkten erraten müssen, mit was sie da beehrt wurden: „Ach, das ist ein Hund? Jetzt seh ich es auch! Toll!" Auch die guten alten Fingerfarben werden reaktiviert und landauf, landab, zieren fröhliche Gemälde die Fensterscheiben (wer genauer hinschaut, entdeckt darunter so manchen Hilferuf, den ein Erwachsener – bastelunwillig, dafür mit Lagerkoller – mit letzter Kraft ans Fenster gemalt hat).

Auch unser Teenager ist der Freude an diesen Betätigungen bereits entwachsen. Verzweifelt sucht er deshalb nach Tipps, wie er seine quengeligen Eltern beschäftigen kann, die plötzlich so unangenehm viel Interesse an seinem Leben zeigen. Keinesfalls möchte er nämlich ungefragt bespaßt werden. Stattdessen bilden er und sein Laptop eine erstaunliche Symbiose mit unserer Couch, auf der er stundenlang reglos verharren kann, um mit ominösen Online-Freunden zu zocken. Selbst farblich passt er sich mittlerweile perfekt dem Sofa an. Neulich haben wir ihn darauf nur entdeckt, weil wir ihn beim Putzen versehentlich mit einem stattlichen „Schschsch-Plopp" angesaugt haben.

„So kann es nicht weitergehen", beschließen der Gatte und ich. „Ab jetzt stehen jeden Tag mindestens drei Stunden analoge Spielzeit auf dem Plan." Der Teenager zeigt sich nur mäßig begeistert, als wir das erste Mal, seit wir sie besitzen, tatsächlich die „Große Familienspielesammlung" öffnen. „Malefiz", „Fang den Hut", „Mikado", „Mensch ärgere Dich" nicht und vieles mehr übergießen den Wohnzimmertisch. „Für Spieler von vier bis 99 Jahren", liest der Gatte vor, „Spieldauer beliebig!".

Das nervöse Zucken im Gesicht des Teenagers wird stärker. Als ich ihm dann feierlich ein 10.000-Teile-Puzzle überreiche (Pinke Hortensien vor rosa Sonnenuntergang) bricht sich seine Panik Bahn. Fluchtartig verlässt er das Wohnzimmer durch die Terrassentür und brüllt im Garten gen Himmel, dass er jetzt bitte sofort aus dem IKEA-Kinderparadies abgeholt werden möchte.

„Und jetzt?", frage ich den Gatten. „Jetzt spielen wir eine schnelle Runde Schnick-Schnack-Schnuck", sagt er. „Wer gewinnt, bekommt morgen die Couch für sich alleine." „Und der Verlierer?", frage ich, Schlimmes ahnend. „Der muss mit dem Teenager die Papiertonne leerbasteln – bis zum allerletzten Blatt."

9

Behaarte Männerbrust

Der Gatte trifft mich in der Küche, wo ich unserem aus Italien mitgebrachten Weißweinessig die letzten Tropfen fürs Salatdressing abtrotze. Natürlich gibt es auch bei uns wunderbare Salatessenzen, aber dieser Essig ist das Symbol unserer jährlichen Aufenthalte an Adria und Gardasee. Er steht für Dolce Vita, Strandspaziergänge und Raubzüge durch italienische Supermärkte, in denen wir uns mit einem Jahresvorrat an südlicher Sonne in Dosen und Flaschen eindecken.

Die leeren Regale in der Vorratskammer zeigen es an: Bis zur nächsten Reise in den Süden wäre es eigentlich nicht mehr lange hin. Doch damit wird es aufgrund der Reisebeschränkungen wohl nichts werden. „Die Italienerin in mir will aber nach Hause", lamentiere ich. „Welche Italienerin denn?", fragt der Gatte und vergleicht mein klein-gedrungenes Äußeres mit der italienischen Standard-Schönheit.

„Du brauchst doch schon im Morgengrauen Lichtschutzfaktor 50! Ich tippe da eher auf einen Eskimo im Stammbaum!" Daraufhin wird der Gatte kurz Opfer meines südländischen Temperaments und muss mir darin zustimmen, dass die Römer bei uns nicht nur den Limes gebaut, sondern auch allerhand Erbgut verstreut haben. Und außerdem gibt es auch hellhäutige Italiener. Basta!

„Tja", sagt der Gatte und zitiert Rainhard Fendrich, „willst du behaarte Männerbrust, du nicht übern Brenner musst!" Am nächsten Morgen wirft er deshalb den Teenager und mich um vier Uhr morgens aus den Federn und verfrachtet uns ins Auto. In diesem sitzen wir bis kurz vor Mittag, ohne einen Meter zu fahren. Erlaubte Pinkelpause: eine. Als wir das aufgeheizte Auto endlich verlassen dürfen, reserviert der Gatte zwei unserer Gartenliegen mit Handtüchern.

Dem Teenager eröffnet er, dass ihm die Rolle des Personals in unserem improvisierten italienischen Hotel zukommt – und zwar in allen Funktionen. Er wird also ins Haus gescheucht, um dort gleichzeitig Muttern einen kühlen Spritz zuzubereiten, Vanillecreme ins Hörnchen zu bugsieren und einmal das große Italien-Kochbuch durchzuarbeiten. Außerdem wird er dazu abgestellt, das Bad für die neuen Gäste zu putzen (dringend nötig) und auf unsere Betten anstatt weicher Daunendecken bügelbretthartre Laken zu tackern. Und wir bestehen darauf, dass er dabei alle Hits von Adriano Celentano trällert – auswendig, versteht sich. An unserem Minipool streut mir der Gatte unterdessen fürsorglich Sand aus der Filteranlage in den Bikini und versucht nebenbei, mir Sonnenbrillen und Handtaschen zu verkaufen.

So ließe sich Urlaub aushalten. Allerdings kippt die Stimmung, als der Gatte beim Teenager, der gerade das von ihm zubereitete Meeresfrüchtebuffet abräumt und an der 34. Eissorte des Tages tüftelt, noch einen Cappuccino bestellt. „Draußen nur Kännchen" reagiert das Kind entnervt und wirft das Küchenhandtuch. „Bei dem unmotivierten Service", resümiert der Gatte „kriegen die von uns eine echt miese Bewertung auf HolidayCheck. Hier fahren wir nicht mehr hin – da machen wir uns lieber ein paar schöne Tage zu Hause!".

Dirty Daumen

Endlich finde ich die Zeit, um meine Fotos zu sortieren – und ich habe viele davon, denn meine Liebe zur Fotografie reicht zurück bis zu meinem ersten Zeitungs-Praktikum. Damals durfte ich in der Dunkelkammer selbst entwickeln und jeden Abend, während mir die Chemikalien-Dämpfe noch fröhliche Stunden bescherten, holte ein Kurier die Abzüge ab, um sie per Express in die Hauptredaktion zu bringen.

Welch Erschütterung der Macht, als die ersten Digitalkameras in den Redaktionen einzogen. Wirklich schnelles Fotografieren war mit diesen allerdings noch nicht möglich, da jedes einzelne Pixel von einem Kobold, der im Gehäuse wohnte, an die richtige Stelle getragen werden musste. Ich möchte betonen, dass ich noch gar nicht so alt bin und diese Zeilen auch nicht mit Eisengallustinte und Gänsefeder aufs Pergament kratze. Nein, das Ganze ist gerade mal vier, maximal vierzig Semester her.

Spätestens mit den Smartphones hat sich natürlich alles vollkommen geändert. Die Möglichkeiten der Fotografie sind für uns immer zur Hand – inklusive jeder Art von Filter, die aus einem zerknitterten Gesicht eine Schönheit und aus einem traurigen Fertiggericht eine kulinarische Delikatesse machen.

Doch die Sache hat einen Haken: die Bilderflut, deren Wogen mich gerade überschwappen. In den ersten Lebensjahren des Teenagers haben wir jede seiner Regungen fotografisch festgehalten und daraus wunderbare Kalender gestaltet, die auf ewig die Küchenwände der Verwandtschaft zieren. Nur irgendwann schienen wir ein wenig die Motivation zum Gestalten verloren zu haben. Das mag daran liegen, dass das Kind schon früh keine Lust mehr hatte, auf Kommando „schön zu schauen". Fröhlich weiterfotografiert haben wir dennoch und so darf ich mich nun durch einen die Festplatte sprengenden Fotofriedhof klicken.

Auch scheinen wir einen sogenannten „Foto-Crasher" in der Familie zu haben, der sich auf fast jedes Selfie geschlichen hat: meinen Daumen. Gestochen scharf grüßt er von den Bildern, während die Familie hinter ihm unscharf verblasst. Zugegeben, im Gegensatz zum restlichen Körper macht mein Daumen eine hervorragende Figur. Je mehr Bilder ich von ihm entdecke, um so mehr muss ich ihm Modelqualitäten zusprechen. Imposant reckt er sich im römischen Kolosseum nach oben, anmutig räkelt er sich vor spektakulären Sonnenuntergängen, in Feststimmung posiert er vorm Weihnachtsbaum.

Nach einer nicht näher definierten Menge Weißwein traue ich meinem Daumen sogar eine steile Karriere als Hollywood-Star zu. Preisgekrönte Regisseure werden sich um ihn reißen, um mit ihm Filme wie „Dirty Daumen", „Für eine Handvoll Daumen" oder „Däumelinchen" zu drehen. Auch seine Memoiren mit dem Titel „Das ist der Daumen, der schüttelt die Pflaumen" werden bestimmt ein Bestseller.

Nur mit dem Handabdruck auf dem „Walk of Fame" dürfte es für meinen Daumen etwas schwierig werden. Wer aber ein Foto aus seinen frühen Jahren haben will: Ich hätte da so eine Festplatte voller unsortierter Bilder, die ich gerne zur Verfügung stelle.

11

Frauenparkplatz

Nach einer Woche Urlaub beginnt für mich wieder der Alltag im Homeoffice. Morgens weckt deshalb mein Seufzen den neben mir ruhenden Gatten. Na gut, er ist mit sehr tiefem Schlaf gesegnet; vielleicht muss ich auch ein-, zweimal kräftig mit dem Ellbogen zucken, um mich und mein Leid bemerkbar zu machen. „Was'n los", nuschelt der Gatte schlaftrunken. „Ich vermisse meine Kollegen", jammere ich, „ich vermisse die Arbeitsatmosphäre, den täglichen Gang durchs Städtchen und überhaupt ist alles doof!"

Der Gatte erträgt es nicht, seine Angetraute unglücklich zu sehen. Nun ist es ihm zwar nicht möglich, mich mit Kollegen und unserem Barock-Städtchen zu vereinigen, doch kann er etwas davon in unsere eigenen vier Wände zaubern. Noch vor dem Frühstück zerschlägt er die Fließen auf unserem Flur und verlegt stattdessen historisches Kopfsteinpflaster. Anschließend übergibt er mir einen Coffee-to-Go-Becher (natürlich wiederverwendbar) und das entstaubte Bobby Car aus den Kindertagen des Teenagers. Er wünscht mir einen schönen Arbeitstag und schubst mich auf dem Bobby Car übers Kopfsteinpflaster, dass der Milchkaffee nur so spritzt.

Während ich über den Flur düse, passiere ich den Teenager, der die Rolle des Residenzplatz-Brunnens übernommen hat. Dafür hat ihn der Gatte in ein Planschbecken postiert, wo er sichtlich gegen seinen Willen auf einem aufgeblasenen Schwimmtier reitet mit dem Gartenschlauch und für eine plätschernde Fontäne sorgt.

Danach mache ich mich auf Parkplatzsuche. Sämtliche arbeitszimmernahen Stellflächen hat der Gatte bereits mit kurzzeitparkenden Wäschekörben und Getränkekästen belegt. So muss ich auf den Garten ausweichen, wo der Gatte mit einem pinken Schild bereits einen Frauenparkplatz markiert hat.

Bester Laune spaziere ich danach ins Arbeitszimmer, wo sich mir der Teenager – ebenfalls gegen seinen Willen – als neuer Praktikant vorstellt. Ich mache ihn mit der häuslichen Telefonanlage vertraut, die der Gatte und ich uns im Homeoffice teilen. Als ich kurz den Schreibtisch verlasse, um mir das Näschen zu pudern, werde ich akustisch Zeuge, wie der Teenager den Anruf einer wichtigen Kundschaft entgegennimmt. An seiner Formulierung „Mama kann grad nicht, die is auf'm Klo!" müssen wir wohl noch etwas feilen. Aber vorher lasse ich ihn erst einmal Kaffee kochen.

Der Gatte nutzt indessen die Videokonferenz-Technik auch fürs Häusliche und wir regeln über Skype die Planung fürs Mittagessen. Der Gatte kocht und ich schicke meinen Praktikanten zum Essenholen in die Küche, da ich heute aus Zeitgründen direkt am Schreibtisch esse. Nach acht effektiven Stunden schultere ich das Handtäschchen und mache mich beschwingten Schritts auf zum Parkplatz.

Am Lenkrad des Bobby Cars hängt ein Zettel. „Sie überschritten die zulässige Höchstparkdauer" steht darauf und aus dem Augenwinkel sehe ich noch, wie der Gatte hinterm Apfelbaum verschwindet – in Verkleidung einer resoluten Politesse. „Er denkt aber auch an alles", freue ich mich. Zum Dank werde ich ihm morgen frischen Kaffee ans Bett bringen. Gekocht vom Praktikanten, versteht sich.

Kornkreise

Der Teenager ist verschwunden. Zuerst ist es dem Gatten und mir gar nicht aufgefallen. Es ist ja durchaus üblich, dass das Kind tagsüber für mehrere Stunden in seiner Pubertisten-Höhle verschwindet, um dort bei zugezogenen Vorhängen seltsamen Ritualen nachzugehen. Betritt man sein Zimmer, bewegen einen feindselige Zischlaute zur sofortigen Umkehr.

Selbst wenn der Teenager uns mit seiner Anwesenheit im Wohnzimmer beehrt, kann er stundenlang regungslos vor dem Laptop verharren. Mittlerweile weist die Couch eine Negativ-Form des Kindes aus. Ich werde wohl eine Bronzebüste für den Garten daraus gießen, wenn es irgendwann wieder die Schule besuchen wird. Doch da sein Abschluss noch in weiter Ferne liegt, darf er auch die nächsten Wochen die Freuden des Home-Schooling und die ständige Anwesenheit seiner Eltern genießen.

Umso unverständlicher also, dass die Couch verwaist und der Teenager unauffindbar ist. Wir orten ihn mittels iPhone-Suchfunktion in einem nahe gelegenen Weizenfeld, in das er riesige Kornkreise tritt. Seine Botschaft an etwaige außerirdische Lebensformen: „Die Erde ist furchtbar. Holt mich endlich aus dieser Hölle ab."

Der Gatte beschließt, dem Kind eine sinnvolle Aufgabe zu geben. Liebevoll legt er ihm den Arm um die Schultern und führt ihn ins Untergeschoss. „Sohn, das wird alles Dir gehören", spricht er mit reichlich Pathos und weist mit großer Geste auf die unendlichen Weiten unseres Kellers, „doch zuvor räumen wir gemeinsam auf!" Der Teenager kann nur knapp vor einer Ohnmacht bewahrt werden.

Dazu muss man sagen, dass normale Menschen in ihrem Keller neben Lebensmitteln und der Weihnachtsdeko vielleicht noch ein bisschen Gerümpel sowie die Skiausrüstung lagern. Bei uns ist das anders. Meine Marmeladengläschen und Schrumpelkartoffeln nehmen nur einen Bruchteil unseres wirklich großen Kellers ein, der bis zur Decke vollgestopft ist mit des Gatten liebstem Hobby: Computer und Elektronik aller Art.

Die nächsten Tage also putzt der Teenager auf väterliches Geheiß hin mehrere Kilometer Kabel, poliert Scheinwerfer und sortiert Isolierband nach Breite, Farbe und Funktion. Da die Begeisterung zu wünschen übrig lässt, erfreut sein Vater ihn bei jedem prähistorischen Technikteil mit dessen genauer Entstehungs- und Nutzungsgeschichte. Dann drückt er es dem Kind in die Hand, damit er es in der Garage dem rasant anwachsenden Haufen Elektroschrott hinzufügt.

Leider driftet der Gatte etwas in die Vergangenheit ab. Liebevoll streichelt er über vergilbte Tastaturen, umarmt monströse PC-Bildschirme zum Abschied und spricht ehrfürchtig über die horrenden Preise, die das alles einmal gekostet hat.

Dabei verliert er den Teenager aus dem Blick, der schon wieder verschwindet. Dieses Mal finden wir ihn allerdings in der Garage. Anscheinend hat die Kornkreis-Nachricht ans All nicht gefruchtet, weshalb das Kind sich aus Elektroschrott nun ein eigenes Raumschiff zusammenschweißt. Sogar das Betriebssystem hat er schon installiert. Es läuft einwandfrei – mit Windows 98.

13

Haferschleim und Heilgesang

Mich hat's erwischt. Ich bin krank. Keine Sorge, nichts Schlimmes. Nur eine Geschichte, die eine Woche Wärmflasche und Brühe nach sich zieht und in der man für die Umwelt eher unangenehm vor sich hinsiecht. Normalerweise arrangiere ich mich ganz gut mit so einer Situation. Da habe ich aber auch das Haus den ganzen Tag für mich alleine und zelebriere die Selbstfürsorge: Ich trage unmögliche Schlafanzug-Kombinationen zur verlegten Haarpracht, verkrieche mich auf der Couch unter die kuscheligste Decke des Hausstands und verwöhne mich mit alten Filmen, die die Seele streicheln – von „Pretty Woman" über „Stolz und Vorurteil" bis „Dirty Dancing".

Doch weit komme ich damit dieses Mal nicht. Gerade, als Baby bei „Kellerman's" eincheckt, erklärt mir nämlich der Teenager mit einer wedelnden Handbewegung, dass ich nun aus dem Wohnzimmer auschecken müsste. Schließlich hätten wir ja selbst die Regel aufgestellt, dass er den heimschulischen Vormittag nicht in seiner Pubertisten-Höhle verbringen soll, sondern am Esstisch im Wohnzimmer. Und Regel sei schließlich Regel, da helfe jetzt auch mein Jammern nichts. Mein Vorschlag, ich könne doch auch ohne Film ganz still auf der Couch liegenbleiben, wird strikt abgewehrt. Mein Atem, so der Teenager, sei zu laut, da könne er sich nicht konzentrieren.

Um ihn nicht mit meinem Todesröcheln zu stören, ziehe ich also ins Schlafzimmer im ersten Stock um – aber da macht Kranksein überhaupt keinen Spaß mehr. Nicht nur, dass ich meine Filme nun arg verkleinert auf dem Tablet schauen muss und einfach nichts über die bequeme Couch-Fernsehhaltung geht. Meine beiden Männer scheinen mich hier oben auch völlig zu vergessen. Dass ich sonst krank gut für mich selbst sorgen kann, weiß ich ja – aber jetzt wären ja sowohl der Gatte als auch der Teenager zu Hause und könnten mich mit selbstgekochter Hühnersuppe, frisch aufgebrühten Tees und viel menschlicher Wärme verwöhnen.

Aber irgendwas scheint da bei den beiden schief gelaufen zu sein. Angeblich ist der vielzitierte Männer-Schnupfen mit sehr viel Leid und dem Schrei nach Aufmerksamkeit verbunden. Meine beiden Exemplare aber ziehen sich im Krankheitsfall vollkommen und ohne Klage zurück und weisen jegliche Betüddelung meinerseits vehement zurück. Nicht einmal ein Kopfkissen darf ich ihnen aufschütteln, geschweige ihnen löffelweise Haferschleim einflößen oder einen Heilgesang anstimmen. Stattdessen folgen sie einem wohl genetisch bedingten Herdentrieb, nachdem das erkrankte Tier streng von der restlichen Herde separiert und seinem ungewissen Schicksal überlassen wird.

Leider übertragen die beiden diese Haltung auch auf mich. Vielleicht sollte ich das nächste Mal meinen Hausarzt fragen, ob ich familiäre Fürsorge auf Rezept haben kann. Bis es so weit ist, kuriere ich meinen Unmut mit einem kleinen Racheplan. Wenn die beiden das nächste Mal richtig darniederliegen, so dass keine Gegenwehr mehr möglich ist, bemuttere ich sie mit allen Schikanen – bis es wehtut!

14

Fette Raupe

„Oha!" sagt der Gatte. „Was?!?", antworte ich, während ich an der Balkontüre lehne und hinaus in den frischen Frühling starre. „Mächtig", erwidert er und streichelt über meinen Bauch, der sich wie eine Pudding-Lawine über meinen Hosenbund schiebt. Nun wäre die Bezeichnung „mächtig" schon nicht angebracht, wenn es sich um den Bauch einer Schwangeren handeln würde. Auch wenn vermutet wird, dass wir dank des Lockdowns bald viele neue Erdenbürger begrüßen dürfen – mein Bauch wölbt sich nicht aufgrund guter Hoffnung, sondern aufgrund guten Appetits. In der jetzigen Situation, in der sich mangelnde Bewegung mit viel häuslicher Nähe und noch viel mehr Trostessen paart, zeugt der Kommentar des Gatten damit geradezu von Todessehnsucht.

Ich versuche mich auf ihn zu stürzen, doch pralle ich an seinem ebenfalls gut gefüllten Bauch ab wie ein Gummiball und reiße ihn von den Füßen. Die

Wucht der bewegten Masse schleudert uns durchs Wohnzimmer, wo wir hilflos wie die Maikäfer auf dem Rücken liegen bleiben. An ein Umdrehen aus eigener Kraft ist nicht zu denken und wir müssen uns eingestehen: Corona macht fett.

Verzweifelt rufen wir nach dem Teenager. Dem Physikunterricht sei Dank verhilft er uns mit mehreren ausgeklügelten Hebel- und Seilzugsystemen wieder zum aufrechten Gang. „Wenn wir nicht in einigen Wochen wie die Knödel aus dem Haus rollen wollen, müssen wir uns mehr bewegen", seufze ich nach einer kritischen Inspektion vor dem Spiegel und dem Gang auf die Waage. Zur Motivation befrage ich auch meinen Schrittzähler, den ich nicht mehr synchronisiert habe, seit Corona unseren Bewegungsradius eingeschränkt hat. Was soll ich sagen: Das Gerät ist durchaus in der Lage, rückwärts zu zählen.

An Anleitungen zum Heimsport fehlt es nicht: Das Fitnessstudio meines Vertrauens versorgt mich mit Online-Stunden und im Schrank stapeln sich die Fitness-DVDs (jeweils von mir beschriftet mit „Neujahrsvorsatz 2011", „Neujahrsvorsatz 2012", und so weiter). Sofort erstelle ich für die ganze Familie einen ausgeklügelten Sportplan, angefangen von Sonnenaufgangs-Nacktyoga auf der Terrasse über einen mittäglichen Treppen-Triathlon (über die Treppe ins Bad laufen und dann am Rad drehen) bis zu einer abendlichen Power-Einheit Pole-Dance an der Straßenlaterne in unserer Einfahrt.

Während der Gatte kurz in Panik ausbricht, reagiert der Teenager besonnen und reicht mir „Die kleine Raupe Nimmersatt" – jenes Bilderbuch, das in seiner Kleinkindzeit einen festen Platz in unseren Vorlesestunden hatte. Unvergessen, was die Raupe dabei vertilgt! Alleine an einem Tag frisst sie sich durch ein Stück Schokoladentorte, eine Eistüte, eine saure Gurke, eine Scheibe Schweizer Käse, einen Scheibe Salami, einen Lolli, ein Stück Kirschkuchen, ein Würstchen, einen Muffin und ein Stück Wassermelone. Was sich in etwa mit meinen über den Tag verteilten Corona-Häppchen deckt. „Wenn das hier vorbei ist", sagt der Teenager, „erwachst du als wunderschöner Schmetterling – und bis dahin bist du wenigstens schön kuschelig." Findet der Gatte übrigens auch.

15

Maskenball

Der Teenager verkündet, er gehe jetzt spazieren. „Schön", sage ich, „mit wem triffst du dich denn?" „Mit niemandem", erwidert der Sohn genervt. „Ach komm schon", bohre ich nach, „wer ist sie denn?" Der Teenager implodiert und fragt mich unter großer Selbstbeherrschung, ob man denn in dieser Familie nicht einfach mal alleine an die frische Luft könne, ohne gleich die spanische Inquisition auf den Plan zu rufen.

Später erkläre ich dem ausgelüfteten Teenager, dass ich in seinem Alter auch oft alleine mit dem Hund spazieren war. Der kam zwar zu seinem wohlverdienten Auslauf, wurde aber gleichzeitig Zeuge von Dingen, die zur redlichen Charakterbildung eines jungen Erwachsenen nur bedingt beitragen. Hätte mein treuer Cocker Spaniel nicht so brav die Schnauze gehalten, meine Eltern hätten mich wohl kaum mehr unbewacht vor die Tür gelassen. Der Teenager spitzt die Ohren und verlangt Details, die ich ihm deutlich abgeschwächt liefere. Das Urteil des Kindes besteht trotzdem in einem strafenden „Du warst scho a Matz!", bevor er sich wieder seinen virtuellen Welten auf dem Laptop widmet.

Aber manche Sachen gehen halt nicht virtuell. Da frage ich mich schon, wo die Singles dieses Jahr hin sollen mit ihren Frühlingsgefühlen. Engtanzen mit einneinhalb Meter Abstand bringt es nicht so richtig und bei zärtlicher Annäherung heißt die Frage nun nicht mehr „Zu mir oder zu Dir?", sondern wer als erster die Maske fallen lässt. Wobei übrigens die Maske einigen Männern durchaus schmeichelt: Sie beschenkt sie mit einer Ausstrahlungs-Mischung aus Superschurke, Chefarzt und John Wayne.

Vielleicht sollten wir uns einfach wieder der nonverbalen Flirttechniken bedienen. Die Bedeutung der Schleifen-Position an der Dirndlschürze ist ja allgemein bekannt, bringt dieses Jahr aber wegen der ausfallenden Volksfeste wenig. Da hilft ein Blick in die Geschichte: In den „Roaring Twenties" bedeckten flirtbereite Damen ihre unbedeckten Knie mit Rouge, ganz zu schweigen von der ausgeklügelten Fächer-Kommunikation des 18. Jahrhunderts. Nun sind bei beiden Formen die Männer recht ausgeschlossen, aber auch da schafft die Geschichte Abhilfe – und zwar in

Form des aufgeklebten Schönheitsflecks, der sich im Rokoko höchster Beliebtheit bei der Dame und beim galanten Herrn erfreute. Wo man sich das Pflästerchen aus Samet oder Seide ins Gesicht klebte, war auf jeden Fall bedeutungsvoll. Am Auge platziert verriet er zum Beispiel Leidenschaft, auf der linken Wange signalisierte er die Lust auf ein Liebesabenteuer.

Übrigens kamen die falschen Schönheitsflecke aufgrund der großen Pockenepidemien dieser Zeit in Mode: Damit ließen sich nämlich wunderbar Narben im Gesicht verdecken. Vielleicht erschaffen wir ja durch Corona eine ganz eigene Form der Masken-Kommunikation, bei der Stofffarbe, Fältelung oder Position der Nasenklammer ihre ganz eigene erotische Sprache sprechen. Leider befürchte ich, dass deren Entwicklung im Stadium plumper Anmachsprüche steckenbleiben wird. Wir werden wohl kaum über aufgedruckte Botschaften wie „Noch zu haben" oder „Mogst schmusen" hinauskommen. Aber auch da lässt sich leicht Abhilfe schaffen, indem man sich eine zweite Maske über die Augen zieht. Dann muss man dieses Elend nicht weiter mitansehen.

16

Miez Miez Miez

Ich liebe Hunde, Katzen und Nutzvieh aller Art. Nur mit Tieren in Käfigen kann ich wenig anfangen – dagegen spricht mein Freiheitsdrang. Welch Ironie, dass wir derzeit das Schicksal unserer Hamster und Kanarienvögel teilen und nur über einen beschränkten Bewegungsradius verfügen. Ich warte nur darauf, dass ein Riesen-Herrchen das Dach unseres Hauses abnimmt, um eine überdimensionale Knabberstange ins Wohnzimmer zu hängen. Und falls er das hier liest: Den drei Meter großen Wasserspender hätte ich gerne gefüllt mit fränkischem Silvaner in optimaler Trinktemperatur. Keine Sorgen muss er sich über die artgerechte Haltung des Teenagers machen. Der verbringt den Tag in seiner abgedunkelten Höhle und wird sowieso erst nachts aktiv.

Dafür teilt der Teenager meinen Wunsch nach einem eigenen Haustier, was man vom Gatten nicht behaupten kann. Gegen die Mieze spricht seine

Katzenallergie, gegen den Hund die Vernunft. In unserer Nachbarschaft allerdings ist die Katzen-Konzentration sehr hoch. Ich freue mich immer, wenn ich morgens eine von ihnen im Garten erspähe. Getrieben vom Wunsch nach Fellkontakt versuche ich den Miezen eine Streicheleinheit abzuringen. Die ergreifen meist die Flucht, was mich aber nicht abhält, ihnen zu folgen. Schon des Öfteren haben verstörte Nachbarn den Gatten aus dem Schlaf geklingelt: Er möge doch bitte sein Weib abholen. Sie streune mit wirrem Haar und im wehenden Nachtgewand schon wieder durch die Siedlung und verschrecke die Kinder, während sie „Miez miez miez" vor sich hinmurmle.

Der Gatte ist von den tierischen Besuchen bei uns weniger begeistert – vor allem, weil die Miezen von unserem Lounge-Set angezogen werden. Die dort hinterlassenen Katzenhaare bringen ihn zum Dauer-nießen. Deshalb hat er einen „Katzenschreck" instal-liert: ein kleines Gerät, das mittels Bewegungsmelder und hochfrequentem Ton die Viecher davon abhalten soll, unsere Lounge als Spielwiese und Katzenklo zu benutzen.

Ob das Gerät bei Katzen wirkt, weiß ich nicht, beim Teenager und mir allerdings funktioniert es hervor-ragend. Im Gegensatz zum Gatten, dessen Gehör schon längst diverse Frequenzen verloren hat – wie zum Beispiel meinen gesamten Stimmumfang – können der Teenager und ich diesen schmerzhaft hohen Ton klar und deutlich hören. Sprich: Kaum bewegen wir uns auf die Lounge zu, bohrt sich der Katzenschreckton tief in unser Gehirn.

Ein sonniges Wochenende habe ich das mitgemacht, dann wurde es mir zu blöd. „Wo ist mein Katzen-schreck," beschwert sich der Gatte, „und warum liegt der Teenager gekrümmt vor deinem Arbeitszimmer und hält sich die Ohren zu?" „Damit ich hier end-lich in Ruhe arbeiten kann", erwidere ich und drehe den Katzenschreck, der nun meine Türschwelle bewacht, ein bisschen lauter. Nur den Gatten hält er noch nicht davon ab, alle zehn Minuten meine Homeoffice-Konzentration zu durchbrechen. Macht nichts – irgendwo im Keller haben wir bestimmt noch eine alte Bärenfalle.

17

Horror im Homeoffice

Es gibt Tage, da fühlt man sich wie im falschen Film. Angekündigt unter dem Titel „Harmonie im Homeoffice" verspricht die Vorschau leichte Muse. In zarten Pastellfarben zeigt sie mich als duftigen Schmetterling der guten Laune, der die Familie umschwirrt, als weltbeste Kollegin die Firma bereichert und nebenbei noch einer kalbenden Kuh zum Mutterglück verhilft. Rosamunde Pilcher wäre neidisch.

Doch wie so oft hält die Vorschau ihr Versprechen nicht. Stattdessen im Programm: eine schlechte Reality-Soap in düsteren Farben, Heim-Horror statt Harmonie: Schon morgens überhöre ich den Wecker, da mein Unterbewusstsein noch vollends mit verqueren Alpträumen beschäftigt ist. Eine große Rolle spielen darin Hamster, die sich um einen in Zellophan eingeschweißten Zwölferpack Menschen prügeln.

Mit diesem schrecklichen Bild vor Augen erwache ich. Mein Hirn applaudiert dem schlechten Nachtprogramm mit Kopfschmerzen. Der Blick auf die Uhr bringt den nächsten Schreck. Ich schaffe es also tatsächlich, sogar ins Homeoffice zu spät zu kommen. Bei der ersten Videokonferenz zeugt der Kissenabdruck in meinem Gesicht von der morgendlichen Schande – vom restlichen Zustand ganz zu schweigen. Kurz gesagt: In diesem Tag ist der Wurm drin und er wird es auch bleiben.

Normalerweise kann mir die Familie aus dem Weg gehen, bis sich der motzende Godzilla wieder in die liebende Ehefrau und Mutter verwandelt hat. Im Moment jedoch ist kein Entkommen möglich. Der Teenager wünscht sich sehnsüchtig, dass der Mindestabstand von 1,50 Metern auch zu Hause gelten möge. Der Gatte sucht verzweifelt nach der Fernbedienung, um das Programm der verbal wild um sich beißenden Ehefrau zu beenden, und beneidet meine Kollegen, die mich zumindest in der Videokonferenz stumm schalten können.

Nun bin ich im Sternzeichen Löwe geboren – große Gesten, große Gefühle und großes Drama sind unvermeidlich. Genauso unweigerlich folgt dem lauten Raubtierfauchen der große Katzenjammer. Abends drapiere ich mich filmreif auf die Ottomane und seufze schwer in mein abendliches Glas Wein. Den Gedanken, dass der seit Corona deutlich gestiegene Alkoholkonsum vielleicht etwas mit meiner Katerstimmung zu tun hätte, schiebe ich mit theatralischer Geste zur Seite. Stattdessen verkrieche ich mich ins Bad, entzünde einen Jahresvorrat an Teelichtern und fülle die Wanne mit heißen Tränen. Langsam verwandeln sich Finger und Zehen in schrumpelige Rosinen, langsam wird mir meine schlechte Laune langweilig. Wohl wäre eine Entschuldigung bei der Familie angebracht, doch wie schafft man aus einer solchen Szene einen würdevollen Abgang?

Die Lösung ist der Gatte selbst, der heldenhaft die Dampfschwaden zerteilt und einen Teebeutel in mein Badewasser hängt. „Gute-Laune-Tee" steht auf dem Etikett. „Lass dich mal fünf Minuten darin ziehen", sagt er, „und dann ab ins Bett. Ich zieh auch meinen Superhelden-Schlafanzug an: Der hält zumindest die Hamster fern."

18

Das Döner-Dilemma

Seit mehr als zwei Monaten wird der Teenager nicht mehr artgerecht gehalten. Gemeint ist damit nicht die Heimbeschulung, obwohl die Mitnahme von Passivbildung derzeit wirklich schwierig ist. Anders ausgedrückt: Generationen von Schülern saßen nur zur Deko im Mathe-Unterricht, jetzt wird ihnen sogar dieses kleine Erfolgserlebnis verwehrt.

Auch in Sache Hygiene würden wir den „Genehmigt"-Stempel des Gesundheitsamtes bekommen. Zu Beginn der Pandemie waren wir etwas besorgt, hatte doch der Teenager verkündet, ab jetzt die Dusche zu meiden. Corona werde – so seine Begründung – schließlich durch Tröpfcheninfektion übertragen. Da er aber bereits am nächsten Tag seine rituellen Waschungen wieder aufnahm, die dem Nachduschenden nur noch kaltes Wasser übriglassen, zerstreuten sich unsere Bedenken.

Was waren wir blauäugig. Denn nun, wo das Corona-Korsett nicht mehr so eng geschnürt ist, legt der Teenager seltsame Verhaltensweisen an den Tag. Obwohl er in Sachen Freilauf von Anfang an alle hygiene-konformen Freiheiten hatte, erwies sich sein innerer Grottenolm stärker als jeder Bewegungsdrang. War er genervt, zog er sich nur tiefer in die dunklen Winkel seines Zimmers zurück.

Doch nun schwingt er sich täglich aufs Fahrrad, um nach einiger Zeit in seltsamer Hochstimmung zurückzukehren. Fragen nach seinem Treiben werden nicht beantwortet, dafür finde ich beim Wäschewaschen neben dem gewöhnlichen Sammel-surium in seinen Hosentaschen (Kopfhörer, Kleingeld, die „Blaue Mauritius") erstaunlich viele Fetzen von Alufolie.

Das Rätsel löst sich, als der Gatte und ich in der Stadt zufällig den Teenager erspähen, wi er sich in eine dunkle Gasse drückt. In seinen Händen glitzert es verdächtig. Unverkennbarer Döner-Duft liegt in der Luft. Als uns der Teenager bemerkt, zischt er uns jedoch nur ein „Mein Schatz" entgegen und entschwindet mit seiner fleischigen Beute in den Schatten der Altstadt. Wer mag, stelle sich dazu wabernde Nebelschwaden, eine sich verdunkelnde Sonne und den Soundtrack aus „Herr der Ringe" vor.

An der Verwandlung des Sohnes zu Gollum sind wohl der Gatte und ich schuld. Oder besser gesagt, die nicht artgerechte Haltung. Schließlich gehört es zum Teenagerleben, alle Empfehlungen der Deutschen Gesellschaft für Ernährung in den Wind zu schlagen. Jetzt haben wir aber während Corona äußerst gesund gekocht. Tonnen von Gurken wurden gehobelt, Salate geschleudert, Tomaten filetiert und dem sich sträubenden Teenager einverleibt. Die Folge: eine emotionale Leere, die sich anscheinend nur durch heimliche Ausflüge ins Fast-Food-Land füllen ließ.

Wir stellen den Teenager am Altmühlufer und versuchen ihm zu erklären, dass Döner ein Genussmittel sei, kein Suchtmittel. Doch wir stoßen auf taube Ohren, was vielleicht daran liegt, dass der Teenager sich Zwiebeln in eben jene stopft. Da hilft nur noch eins: Wir locken ihn mit einer Currywurst-Attrappe ins Auto und reiben ihm zur Akut-Medikation die Brust mit Fritteusenfett ein. Ab morgen heißt es dann Familientherapie im Wirtshaus – inklusive Speisekarten-Mantra, Pommesgewürz-Massagen und täglicher Schnitzel-Inhalation.

19

Hexeneinmaleins

M ein angetrauter Kleingärtner war in den vergangenen Wochen äußerst fleißig. Grüngutsack um Grüngutsack füllte er mit Heckenschnitt und Blattbewuchs, meisterlich schwang er die Rosenschere und jätete sich fast um den Verstand. Das Problem war nur, dass wir – ebenso wie alle anderen – auf dem Grüngut sitzen blieben und sich bestimmte Bereiche des Gartens in einen gigantischen Komposthaufen zu verwandeln schienen. An einem Tag mussten wir sogar mehrere Stunden nach dem Teenager suchen: Der Gatte hatte ihn aus Versehen unter einem monströsen Laubhaufen begraben.

Nachdem es sich bewährt hat, sich in solch hyperaktiven Gartenphasen möglichst wenig draußen blicken zu lassen, vergnügte ich mich derweil mit einem Harry-Potter-Film-Marathon. Zaubertränke spielen darin eine große Rolle. Davon inspiriert werfe ich mich in die Küche, um meiner inneren Kräuterhexe freien

Lauf zu lassen und die Gewächse aus dem frisch ondulierten Garten anständig zu verarbeiten.

Da der klassische Kupferkessel nicht Teil meiner Aussteuer war, muss dafür der Wundertopf der modernen Hausfrau herhalten: der Thermomix. In den nächsten Tagen erfreue ich die Familie mit Ingwer-Dinkel-Brei fürs Immunsystem, entgifte den Teenager mit einem Minze-Birnen-Smoothie und reibe den Gatten gegen seinen Willen mit Gänseblümchen-Balsam ein. Für mich stehen Schönheitsessenzen auf dem Programm und ich pulverisiere Blütenblätter und duftende Kräuterzweiglein, um dem magischen Geheimnis der ewigen Jugend ein Stück näher zu kommen.

So weit so gut. Doch als ich mit Fingerfarben einen Drudenfuß auf den Küchenboden zeichne, aus Goethes „Faust" zitiere und auf dem Staubsauger durchs Haus reite, gerät mein Kräuterhexen-Projekt ein bisschen außer Kontrolle. Den Einkaufszettel ergänze ich um Spinnenbeinchen, Schwefel und Schneckenschleim und die Mathestunden des Teenagers nutze ich, um ihm das Hexen-Einmaleins beizubringen. Für den Gatten ist es somit an der Zeit zu handeln. Der Vorschlag des Teenagers, den meterhohen Ästeberg im Garten als Scheiterhaufen zu nutzen, findet zum Glück kein Gehör. Der Gatte löst die verhexte Lage anders. Während ich bei Neumond nackend durch die Beete streife, um magische Kräuter zu sammeln, und die Milch im Kühlschrank der Nachbarn sauer werden lasse, entführt der Gatte meinen teuflischen Thermomix. Seitdem hält er ihn als Geisel und häckselt darin den Gartenabfall. Mein dämonischer Bund mit dem Herrn der Vorwerk-Finsternis scheint damit erst einmal beendet.

Nun haben die Grüngut-Deponien endlich wieder geöffnet. Der Gatte belädt Auto und Anhänger und fährt vollbeladen mit dem Werk der vergangenen Wochen vom Hof. Damit haben wir Platz im Garten und der Gatte Raum für neue Ideen. Sein nächstes Projekt: ein selbstgebauter Backofen. Eine tolle Idee. Nur wenn er auch noch ein Lebkuchenhaus dazu plant, muss ich mir ernsthaft Sorgen machen. Denn auch in der märchenhaftesten Ehe geht diese Kombination für die Frau nur selten gut aus.

20

Junger Mann zum Mitreisen gesucht

„Open Air, Altstadtfest, Volksfest, alles fällt heuer aus in Eichstätt", teile ich dem Gatten beim Frühstück mit. „Hilft nichts", meint dieser und zuckt resigniert mit den Schultern. „Aber denk doch mal an den Teenager", bohre ich weiter in sein morgenmüdes Gemüt: „Solche Feste sind elementar für die Charakterbildung jedes jungen Menschen!" Der Gatte gibt mir recht und als liebende Eltern beschließen wir, den Tag für ein Festivitäten-Trainingslager zu nutzen.

Der noch selig schlummernde Teenager ahnt nichts von seinem Glück. Kaum, dass wir alle verfügbaren Lautsprecherboxen vor seinem Bett postiert haben, wecken ihn auch schon die Klänge sämtlicher Open-Air-Bands der vergangenen Jahre. Um Zeit zu sparen, spielen wir deren Musik gleichzeitig und in voller Lautstärke. Der Teenager zeigt sich seltsamerweise „not amused" und versucht zu flüchten, allerdings mit mäßigem Erfolg. Das liegt daran, dass der Gatte fürs echte Festivalflair das Laminat mit Schlamm geflutet hat. In diesem wälzt sich nun das Kind, das – ebenfalls fürs Flair – nicht duschen gehen, dafür aber zum Frühstück kalte Ravioli aus der Dose genießen darf.

Gegen Mittag dient das Erdgeschoss als Kulisse fürs Altstadtfest. Der Tageszeit entsprechend steht das Kulinarische im Mittelpunkt. Ich bewundere den Gatten, der auf der Terrasse einen Ochsen grillt, in der Küche asiatische Nudeln schwenkt und Rahmfleck für Rahmfleck aus dem Kaminofen im Wohnzimmer holt. Ich kümmere mich hingegen ums Rahmenprogramm und beglücke den Sohn mit Chorgesang im Spiegelsaal der Residenz – na gut, einstimmig und vorm Garderobenspiegel –, mit Bauchtanz und bayerischer Blasmusik auf der Blockflöte.

Abends schließlich steht das Eichstätter Volksfest auf dem Programm. Der Gatte läuft als Festwirt und Volksfestausschuss in Personalunion zur Höchstform auf und sticht im blau-weiß gestrichenen Gartenpavillon eine verstaubte Flasche Festbier an. Zur Belohnung darf er mit Ballerspielzeug meinen Heckenrosen die Köpfe abschießen. Während ich noch Lebkuchenherzen verziere (Favoriten dieses Jahr: „Spuck-Spotzl", „Quarantäne-Kuschler" und „Mundschutz-Mausi"), verwandelt der Gatte die Wäschespinne mit dem

Notstromaggregat in ein Kettenkarussell. Für dieses verkaufe ich im Gartenhäuschen Fahrchips und heize die Stimmung an mit einem genäselten „Neue Reise, neue Runde, gleich geht's los, los los!" Ins Fenster hänge ich zudem ein Schild mit der Aufschrift „Junger Mann zum Mitreisen gesucht".

Der Teenager jedoch zeigt an der Schausteller-Karriere kein Interesse und verbringt den restlichen Abend in lässiger Pose am Mini-Autoscooter, den wir mit alten Schuhschachteln und einer Nebelmaschine in der Einfahrt nachgestellt haben. Für mich hingegen geht ein lang gehegter Traum in Erfüllung, als der Gatte mich zur Wies'nkönigin kürt. Da macht es auch gar nichts, dass das Buchsbaumkrönchen ein bisschen windschief geraten ist. Der Gatte hat es selbst gemacht – aus Gartenabfällen. Aber man kann ja nicht alles haben. Eine friedliche Familien-Wies'n reicht mir durchaus.

21

In der Wellness-Wüste

Der Gatte gräbt. Nicht an einer fremden Frau, sondern im Garten – das ist gut so, denn er hat frei. Ist der Gatte nämlich seiner Arbeitsroutine beraubt, gibt es nur zwei Arten, wie man ihn (und damit auch den Teenager und mich) bei Laune halten kann. Man muss ihn beschäftigen. Zum Beispiel, indem man mit ihm in Urlaub fährt – und selbst da ist er nur schwer davon abzuhalten, seine Hyperaktivität auszuleben.

Nie mehr mache ich deshalb mit ihm Wellness. Das hat mich schmerzlich unsere Hochzeitsreise gelehrt, bei der ich eine Stunde Licht-Sand-Therapie gebucht hatte: zwei Verliebte auf warmem Sand, während der Tagesablauf am Wüstenhimmel simuliert wird. Hätte romantisch werden können, ist es aber nicht. Bereits nach zehn Minuten in unserer Wellness-Wüste kroch der Gatte auf allen Vieren und röchelte nach Wasser, um dann in der restlichen Zeit eine stattliche Sandburg zu bauen. Das ist auch der Grund, warum wir niemals einen ganzen Urlaub lang am Strand brutzeln werden. Schon nach einem Tag im Liegestuhl würde der Gatte die Strandabschnitte neu konzipieren, dem Cocobello-Mann einen Online-Shop einrichten und nebenbei noch sämtliche Computer-Probleme des Hotels lösen.

Mittlerweile kennen wir das perfekte Urlaubsverhältnis, damit alle die schönste Zeit des Jahres heil überstehen. Faules Herumliegen ist nur in homöopathischen Dosen möglich, sportliche Aktivitäten dürfen die Maximaldauer von drei Stunden nicht überschreiten und am besten überlässt man dem Gatten die gesamte Fahrerei, damit der Teenager und ich wenigstens im Auto zu unseren heißgeliebten Schläfchen kommen.

Doch wir werden wohl erst wieder im Hochsommer die Koffer packen können. Den derzeitigen Pfingsturlaub verbringt der Gatte als Mann der Tat mit einem neuen Projekt im Garten. Nur – das Alter zupft an meinem grabenden und ergrauenden Helden. Früher verschwand er stundenlang im Freien und holte mich nur, um im schwindenden Sonnenlicht sein Werk zu bewundern. Und ich, liebendes Eheweib, wurde nie müde, seine Erdhaufen und Kratereinschläge zu loben. Heuer aber schafft der Gatte nur noch 15 Minuten am Stück, dann meldet sein Rücken Bedenken an.

Leider will er jetzt den Teenager und mich für sein Projekt begeistern. Erst recht subtil, indem er uns von der frischen Luft vorschwärmt. Bald wird er aber deutlicher, beschriftet Schaufel und Spitzhacke mit unseren Namen und besorgt sich eine Trommel, um den Takt für unsere Schufterei anzugeben.

Dem Teenager und mir, beide gesegnet mit besonders zarter Haut an insgesamt vier linken Händen, bleibt nur die Flucht. Doch der Gatte scheint die Meuterei zu wittern und schiebt im Garten Wachrunden. Dem Sohn und mir gelingt es nur, an ihm vorbei zu kommen, indem wir uns als Gartenbewuchs tarnen: der Sohn als schlanke Birke, ich als stattliche Buchsbaumkugel samt Buchsbaumzünsler im Haar.

Diese Zeilen schreibe ich nun aus dem Exil. Wenn also jemand noch ein Plätzchen frei hat für zwei handwerklich unbegabte, aber ansonsten stubenreine und kaum schmutzende Liebhaberstücke: Der Teenager und ich wären jetzt bereit, in gute Hände abgegeben zu werden.

22

Lass jetzt los

Ich fühle mich alt. Steinalt. Gerade noch läuft im Radio Nirvana und ich tanze wild durch die Küche. Doch dann sagt der Moderator: „Willkommen zu einer Stunde Classic Rock!" Nirvana! Classic Rock! Das kann doch gar nicht sein! Es war doch gefühlt erst gestern, dass wir in dunklen Kaschemmen dieser Musik frönten! Der Teenager nimmt mir jegliche Illusion: „Mutter, das war im vergangenen Jahrtausend. Du bist alt." Und überhaupt sei mein ganzer Musikgeschmack schon etwas in die Jahre gekommen.

Das kann ich so nicht stehen lassen, schließlich war ich immer stolz auf meine exquisite CD-Sammlung. „CDs. Genau da liegt das Problem", holt der Teenager zum Gegenschlag aus. Aus seinem Mund hört sich das an, als würde ich noch eigenhändig das Grammophon ankurbeln oder die Familie abends um den Volksempfänger scharen.

Deshalb präsentiere ich ihm stolz meine mühevoll zusammengestellte Streaming-Playlist. Doch auch hier ist die Kritik des Kindes vernichtend: Die meisten Interpreten seien schon lange tot, auf dem besten Weg ins Jenseits oder würden nur noch mit „Best of"-Alben auf sich aufmerksam machen. Und was sollten überhaupt diese ganzen Disney-Klassiker? Ich erkläre ihm, dass ich bei diesen leidenschaftlich gerne mitsinge – und wie bei Cinderella kämen dann süße Vögelchen und würden mir beim Haushalt helfen. „Wenn die singt, kommen die Vögelchen höchstens, um ihr die Augen auszuhacken", nuschelt der Teenager in seinen nicht vorhandenen Bart.

Zeit, den Gatten für eine pädagogische Unterweisung dazu zu holen. Eine halbe Stunde lang singe ich das Kind mit dem König der Löwen, Arielle und dem Dschungelbuch mürbe, dann fragen wir liebevoll, was denn die Jugend heute so hört. „Deutschrap", sagt der Sohn. Wir googeln und finden Textzeilen wie „Ich lasse Nacken knacken, ich geh nackig kacken". Aha. Und was gibt die Musiklandschaft sonst so her? „Die Mädels hören gerne K-Pop", sagt der Teenager. Jetzt sind der Gatte und ich wirklich überfordert. Der Teenager präsentiert auf YouTube seinen greisen Eltern Videos von wie geklont wirkenden koreanischen Girl- und Boy-Groups, die in Tanzformation über den Bildschirm hüpfen. „Pfff", meint der Gatte, „das gab's alles schon mal." In der folgenden Stunde muss das Kind deshalb eine Zeitreise in die 90er über sich ergehen lassen, indem wir ihm all die Mainstream-Musik vorspielen, die wir damals selbstverständlich nie gehört haben. Bei den Pussycat Dolls schaut der Teenager noch interessiert, bei den Spice Girls fängt sein Auge an zu zucken und bei DJ Bobo wälzt er sich schmerzverzerrt auf dem Boden.

Als der Gatte und ich abschließend eine komplette Backstreet-Boys-Choreographie im Wohnzimmer hinlegen, fleht er um Gnade. „Wie heißt das Zauberwort?", frage ich. „Du hast einen tollen Musikgeschmack", bringt der Teenager gepresst hervor. „Geht doch", sage ich und stimme für den Familienfrieden noch „Lass jetzt los" aus Disneys Eiskönigin an. Dass die Vögel im Garten dabei reihenweise vom Ast fallen, verbuche ich mal als Kollateralschaden. Muss ich halt meinen Haushalt das nächste Mal wieder alleine machen.

23

Almdudler on the rocks

Diese Woche war es so weit. Der Teenager musste seine Komfortzone verlassen und sich nach drei Monaten der harten Realität eines nicht virtuellen Schultages stellen. Allerdings erst einmal aus Gründen der Resozialisierung nur zwei Tage die Woche – so eine Teenagerseele ist ja empfindlich. Und es stimmt: Die vergangenen Wochen haben uns gezeigt, dass ach zwei Seelen in der Teenager-Brust wohnen.

So brachte das viele Zuhause-Sein im Kind eine Seite zum Vorschein, die durchaus einem Gentleman der Jane-Austen-Ära gut zu Gesicht stehen würde. Der Teenager verwandelte das Wohnzimmer in seinen persönlichen Salon, den er tagsüber ganz alleine zu seiner Verfügung hatte: vormittags für die Heimbeschulung, nachmittags für diverse Lustbarkeiten. Während wir Eltern in unseren Arbeitszimmern beim Homeoffice entweder den Computer oder die Wand anstarrten, frönte der Teenager Laptop, Netflix & Co.

Meist lag er zu diesem Zweck von zahlreichen Kissen und Decken gestützt auf der Couch, wobei deren Wahl keine zufällige war. „Dieses Kissen hier", erklärte er mir und verwies auf ein länglich-kompaktes Exemplar vom Möbel-Schweden, „ist perfekt, um meinen Maus-Arm zu stützen." An meiner selbst genähten Kuscheldecke hingegen schätzte er die perfekte Größe und Weichheit, für höchsten Liege- und Gaming-Komfort wurde noch des Gatten Nackenrolle unter die Knie geschoben. Hätte er uns dazu bringen können, ihm mit Palmwedeln frische Luft zuzufächeln, er hätte das Angebot nicht ausgeschlagen.

Wobei man dem Teenager wirklich lassen muss, dass er die Sandlerei mit Stil betrieb. Sobald nämlich die Heimbeschulung mittags beendet war, warf er sich in Homewear, die auch Hugh Hefner stolz gemacht hätte – inklusive (kunst)seidenem Hausmantel und meinem zweckentfremdeten Whisky-Glas, in dem er seinen nachmittäglichen „Almdudler on the rocks" schwenkte.

Tja – und dann war da noch die andere Seite, die den Teenager irgendwie auf seine Urtriebe zurückwarf. So konnte das Kind schon nach wenigen Tagen vom Wohnzimmer aus am Rascheln der Tüte erkennen, welche Kekssorte ich gerade in der Küche öffnete. Kam der Gatte von seinen Metzger-Beutezügen zurück, erschnüffelte das Kind den Reifegrad des Rindes. Lange dauerte es nicht und er schwang sich selbst aufs Rad, um den kilometerlangen Weg zu den besten Fleisch-Jagdgründen zurückzulegen und dem Vater später mit Triumphgeheul Lendchen und Leber vor die Füße zu legen.

Was hat das Social Distancing nur aus unserem Kind gemacht? Den neuen Teenage-Werwolf, der sich tagsüber in Seide kleidet und des Nachts Kleintiere in der Siedlung reißt? Deshalb blickten wir seinem ersten Schultag durchaus mit Sorge entgegen. Wenn nun der Direktor anruft, weil das Kind ein Stück Schulter aus seinem Banknachbarn gebissen hat? Vorsorglich legt ihm der Gatte einen rohen Schweinenacken in die Pausenbox und ich schiebe ihn mit folgendem mütterlichen Rat aus der Haustür: „Mitschüler sind Freunde, kein Futter. Und stell das Whiskyglas ab, bevor du in die Klasse gehst."

24

Selfies aus der Hölle

Ich gebe es zu. Beim Autofahren bin ich eine Niete. Schon in der Fahrschule hat sich mein Fahrlehrer panisch in den Sitz gekrallt, während Bayern 1 der Kupplung das Lied vom Tod spielte. Noch heute stehe ich dem Thema zwiegespalten gegenüber. Rückwärts seitwärts einparken zum Beispiel lässt mein Gehirn einfach nicht zu. Muss ich es doch tun – zum Beispiel direkt unter unserem Bürofenster – dann bilden sich Trauben von schallend lachenden Kollegen, die mein Rangieren in 347 Zügen mit Anfeuerungsrufen kommentieren.

Ich will hier keine Rollen-Klischees reiten, dafür kenne ich zu viele hervorragende Autofahrerinnen. Aber ich gehöre nun mal nicht dazu. Sobald mein treues Gefährt etwa den Teer einer Autobahn berührt, verwandle ich mich in ein zittriges, kurzsichtiges Geschöpf, das nur unter Schweißausbrüchen überholt und sich am liebsten hinter einen Laster klemmt, um im

Schneckentempo seinem Ziel entgegen zu zockeln. Wen wundert's, dass bei längeren Familienfahrten stets der Gatte hinterm Steuer sitzt.

In unseren ersten Ehejahren bestand er darauf, dass ich ihn währenddessen unterhalte. Bald schon aber musste der Angetraute feststellen, dass dies zwar amüsant ist, dafür aber die Fahrtzeit verlängert. Denn das Weib verlangt in für den Gatten unverständlich kurzen Abständen nach Kaffee- und Pinkelpausen. Mittlerweile ist es ihm am liebsten, wenn ich als Beifahrer mache, was ich am besten kann: schlafen. Die nun fehlende Kurzweil kompensieren Gatte und Teenager mit einem ehrgeizigen Projekt. Sie halten meine verschiedenen Autoschlaf-Haltungen auf Fotos fest und wollen diese großformatig in einer Ausstellung präsentieren. Doppelkinn in DIN A0. Was könnte es Schöneres geben.

Vielleicht fahre ich deshalb am liebsten alleine Auto. Wenn es keine Autobahn ist, sogar sehr gerne. Wahrscheinlich ist dies meiner Sozialisation zu verdanken. Dort, wo ich aufgewachsen bin, gab es schlicht zwischen Wohnort und nächster Stadt keine Autobahn. Bayerns Bundes- und Landstraßen aber – das ist für mich pure Freiheit im Freistaat! Und was man nicht alles entdeckt, wenn man mit offenem Fenster, offenem Haar und offenem Herzen durch die Prärie düst.

Wunderbare Landschaften und Orte nämlich, auf deren versteckte Schönheit kein braunes Autobahnschild verweist.

Meist spricht schon der Name dieser Orte Bände: Wer würde nicht gerne in Handschuh oder Ochsenschenkel wohnen, sein Wissen in Hirnschnell oder Kleingeschaidt unter Beweis stellen oder Selfies aus Hölle oder Prügel verschicken? Begeistert erzähle ich dem Gatten, dass ich neulich sogar das bayerische Babilon entdeckt habe. Ob die dort Turm und Sündenpfuhl haben, weiß ich allerdings nicht. Aber wer es alttestamentarisch mag, kann dort sicher um ein – wenn auch nicht gerade goldenes – Kalb tanzen.

Gatte und Teenager glauben mir nicht und befragen Google Maps. Nicht nur, dass ich recht habe: Die beiden legen kurz darauf sogar eine Reiseroute für die anstehenden Sommerferien fest, die uns von Oberrüsselbach über Schabernack bis nach Tanzfleck führen wird. Ein Ziel hat es ihnen besonders angetan. Was soll ich sagen. Wir fahren nach Schnarchenreuth – zur Vernissage ihrer Autoschlaf-Ausstellung.

25

Unterbrustschweiß

Was für eine Grenzerfahrung – ich schmelze. Ungefähr so muss sich Mozzarella fühlen, wenn er auf Nudelauflauf gebettet in den Backofen geschoben wird; ungefähr so sehe ich auch aus: Weiß und fern jeglicher Sonnenbräune habe ich mich im abgedunkelten Schlafzimmer ausgebreitet und fließe langsam in die Besucherritze des Doppelbetts. „Es ist so heiß", keuche ich dem Gatten entgegen, der durchs Dämmerlicht tappt und sich die Zehen am Bettpfosten stößt. „Ist halt Sommer", entgegnet er, „außerdem hast du dich wochenlang beschwert, dass es dir viel zu kalt ist." „Ich liebe den Sommer ja, aber doch nicht gleich so heiß", verteidige ich mich.

Der Gatte seufzt resigniert und öffnet auf dem Tablet eine Excel-Tabelle. In dieser führt er penibel Buch, bei welchen Temperaturen sich sein Eheweib wohl fühlt. „Nach meinen neuesten Berechnungen liegt deine optimale Betriebstemperatur bei

23,4 Grad Celsius, bei leichtem Ostwind dürfen es auch 23,7 Grad sein", doziert er. „Das kannst du doch so pauschal nicht sagen", protestiere ich. Der Gatte hebt zu einem Vortrag über meine verschiedenen körperlichen Klimazonen an. Kalte Hände zum Beispiel führen zu akuter Motzerei, kalte Füße zu Schlaflosigkeit und Schwermut. Zu warme Füße hingegen haben emotionalen Hitzestau zur Folge – und wehe, der Kopf wird nicht kühl gehalten (allerdings nicht zu kühl, der Nacken, sie wissen ja...). „Eigentlich bist du eine Mischung aus Eisbär und Eidechse", schließt er.

Ich fühle mich unverstanden. Kein Wunder: Sowohl Gatte als auch Teenager scheinen jeglicher Temperatur mit stoischem Gleichmut zu begegnen, weshalb auch bei größter Hitze zu langer schwarzer Jeans und geschlossenen Schuhen gegriffen wird. Ich hingegen besitze nicht nur eine Übergangsjacke, sondern eine Garderobe für jede Wetterlage – aufgeteilt in 5-Grad-Schritte. Und was wissen Männer schließlich schon von Hitzeattacken im Unterbrustbereich!

Um mich abzukühlen, fließe ich die Treppe in den Keller hinab. An der Tiefkühltruhe treffe ich den Teenager, der gerade unsere Eisvorräte plündern will, vom Gatten aber wegen meiner brenzligen Gemütslage daran gehindert wird. Während das letzte Spaghetti-Eis mich wieder ins Gleichgewicht bringt, diskutieren Gatte und Kind weiter meine Klimazonen. „Was machen wir eigentlich, wenn Muttern in den Wechsel kommt und die Hitzewallungen einsetzen?", fragt der Teenager besorgt. „Müssen wir sie dann weggeben?" Der Gatte schielt auffällig zur Tiefkühltruhe und stellt im Kopf bereits Berechnungen an, um meinen Umzug in eben diese vorzubereiten. „Nur über meine Leiche", beschwere ich mich, „ich passe da niemals rein." „Am Stück nicht", murmelt der Gatte.

Der Teenager grätscht dazwischen: „Wenn die in die Tiefkühltruhe zieht, hat doch sonst nichts mehr Platz!" Ich atme beruhigt auf, schon aus ästhetischen Gründen. Denn Hitzewallungssprays und Altersfleckensalbe hat die Apotheke sicher im Angebot – bei Cremes gegen Gefrierbrand könnte es allerdings etwas schwieriger werden.

26

Schreitherapie

Wir haben es geschafft. Das definitiv seltsamste Schuljahr aller Zeiten ist zu Ende. Für den Teenager ändert sich nicht viel. Er saß bei der Heimbeschulung den halben Tag vorm Laptop, er wird das auch in den Ferien tun. Damit das Kind die nötige Frischluft bekommt, stellt der Gatte einen fröhlichen Plan für die erste Ferienwoche auf: Autosaugen bis zur klinischen Reinheit am Montag, Büsche in künstlerisch hochwertige Skulpturen schneiden am Mittwoch und – als Höhepunkt – am Freitag die Reinigung der Mülltonne vom sommerlichen Madenbefall. Der Teenager tobt und verzieht sich wutschnaubend in sein Zimmer.

Sind wir mal ehrlich: In den vergangenen Wochen ist es, wenn man dem elterlichen Austausch glauben darf, in vielen Familien nicht bei einem einzelnen Wutschrei geblieben. Die Nervendecken wurden immer löchriger, teilweise schienen sie nur noch von spinnennetzdünnen

Fäden zusammengehalten. Wer in der familienreichen Neubausiedlung die Ohren spitzte, konnte schon bald an Tonhöhe und Lautstärke den Schrei der betreffenden Person zuordnen und mit etwas Übung auch den Anlass für den Ausbruch erraten. Wobei die Themen-Variation recht gering war, irgendwie schepperte es bei allen aus den gleichen Gründen.

Wenn bei uns die Luft dünn wird, flüchte ich mich gerne ins Fernweh. Den nordischen Ländern gehört meine Liebe und genau da stoße ich auf eine geniale Idee. Die Isländer sammeln derzeit Schreie. Kein Witz: Für eine touristische Marketing-Aktion kann jeder seinen Frustschrei aufnehmen, der dann über Lautsprecher an abgelegenen Orten der Insel rausgelassen wird. Oh, wie sehr würde ich mir so etwas für den Alltag wünschen. Der Frust muss raus, das ist klar, aber oft trifft es den Angeschrienen dann doch viel zu heftig.

Wie schön wäre so eine kleine Schrei-Box, die sich automatisch aktiviert, wenn sich die eigene Stimme hebt! Das Geplärre wird einfach eingesaugt, der Schrei-ende steht stumm da, fühlt sich danach aber trotzdem besser. Und wie schön erst, wenn auch Schreie von anderen damit auf null gedrosselt würden! Dieser spezielle Verkehrsteilnehmer zum Beispiel (männlich, SUV, Münchner Kennzeichen), der mich in meiner Kleinstadt brüllend an der Engstelle zu belehren versucht: nichts mehr als eine wunderbare Stummfilm-Unterhaltung. Die ziellosen Diskussionen mit diversen Politessen, nur mehr ein stilles Marionettentheater. Und der plötzliche Familienfriede erst! Schwelgen im Schweigen.

Irgendwann, wenn man einen richtig guten Tag hat, dann mietet man sich einen schalldichten Raum und lässt aus der Schreibox einfach alles raus. Der Natur möchte ich das nicht antun, niemand will schließlich verstörte Rehlein, die wegen einer Tirade über ein unaufgeräumtes Zimmer aus dem Wald preschen. Denn was muss das für eine Gewalt sein, wenn sich all die Schreie Bahn brechen? Vielleicht lässt sich diese gar als neue Energiequelle nutzen? Ich glaube, ich tue dem Teenager einen Gefallen und schreie zur Probe mal eine Stunde lang die Mülltonne an: Vielleicht löst sich das Madenproblem dann ganz von alleine.

27

Jahresringe

Ich habe Schwielen an den Händen, Kreuzschmerzen und Hitzewallungen, denn ich habe stundenlang gebügelt. Das war auch nötig, schon längst hat sich nämlich mein Haushalts- an mein Arbeitsverhalten angeglichen: Ich kann nur unter Druck. Ein Warnsystem zeigt mir an, wann es höchste Zeit ist, die Wäscheberge zu erklimmen. Als Hauptindikator dient der Gatte. Der trägt am liebsten Schwarz – von der Socke bis zum Hemdkragen. Doch dann gibt es da dieses eine Hemd, dessen Farbkombination jede Netzhaut zum Schmelzen bringt, sowie eine im Übermut gekaufte Leibwäsche, deren Farbe eigentlich ausschließlich dem Stadtbauamt vorbehalten sein sollte. Des Gatten Schönheit kann zwar nichts entstellen, aber diese Kleidungsstücke versetzen mich in Alarmbereitschaft und die Waschmaschine ins Schleudern.

Nur am Rande: Der Gatte und ich teilen uns die Hausarbeit. Alles, was mit Wäsche zu tun hat, habe ich jedoch an mich gerissen. Die Opferzahl an zu Embryonal-Größe geschrumpften Kaschmirpullovern war einfach zu hoch.

Nun will die gebügelte Garderobe aus gefühlt 130 Wäschekörben auch aufgeräumt werden. Doch ich muss mir eingestehen: Im Schrank ist kein Platz mehr, da helfen auch keine Aufräum-Tutorials oder Jedi-Tricks. Der einzige Weg heißt Ausmisten. Alle meine Schätze werfe ich aufs Bett, jedes Teil wird prüfend in die Hand genommen. Der Teenager entdeckt zum Beispiel mein Abschlussball-Kleid, das heute vielleicht noch ein Drittel meines Körpers bedecken würde (und das liegt ausschließlich am Wachstumsschub in die Breite). „Willst du das noch mal anziehen?", fragt er ungläubig. Als ich aus oben genannten Gründen verneine, wundert sich der Teenager, warum es dann immer noch im Schrank hängt. „Aus Nostalgie", erkläre ich, „und damit es vielleicht einmal ein Nachkomme von mir tragen kann."

Der Teenager betont, dass er dieser Nachkomme nicht sein werde, hat aber bereits eine alte Lederjacke entdeckt. „Aus einem Second-Hand-Laden in Kopenhagen, meine erste Städtetour ohne Eltern," schwärme ich. Erneut vergleicht der Teenager die Jackengröße mit der aktuellen Erscheinung seiner Mutter. „Was ist nur passiert?", fragt er. „Ach, das Leben halt", sage ich und streichle über meine Jahresringe, die sich an Bauch, Hüfte und Kinn verteilen. „Und viele Kopenhagener. Das sind so kleine, mit Marzipan gefüllte Gebäckteilchen. Und dann war ich natürlich schwanger – also nicht von einem Kopenhagener, sondern Jahre später von deinem Vater." Der Gatte, der sich unter einem Kleiderberg hervorkämpft, wirft ein, dass man nach 15 Jahren nun wirklich nicht mehr von Schwangerschaftskilos sprechen könne. Ich bewerfe ihn mit einem Paar Winterstiefeln.

Aber natürlich haben die beiden recht. Mein Kleiderschrank ist eine Dokumentation sämtlicher in den vergangenen Jahrzehnten durchlaufener Kleidergrößen. Fast so wie ein Zeitreiseportal. Ich stelle mir vor, wie ich durch meine 40 Lebensjahre trudle. Und wenn ich mir dann selbst begegnen würde, würde ich mir gute Ratschläge in Sachen Gewicht erteilen? Würde ich meinem Ich vom vergangenen Sommer, das sich im Urlaub durch den Italien schlemmt, die Cannelloni vom Teller fegen? Würde ich mein Schwanger-Ich dezent darauf hinweisen, dass die angefutterten Kilos nur zu einem Bruchteil aus Baby bestehen? Würde ich meinem Studenten-Ich, das seinen Liebeskummer mit Nutella aus dem Glas tröstet, zu einer Karotte raten? Nein. Würde ich nicht. Denn all das hat dazu geführt, dass ich heute mit dem Gatten und dem Teenager über mich selber lachen kann.

Nur eine Zeitreise würde ich machen: Zu meinem Ich in dem Alter, in dem der Teenager heute ist. Ein unsicheres Ich, das so sehr mit seinem Körper hadert und sogar auf der Waage den Bauch einzieht, das wirres Haar hat und mit seinem seltsamen Humor oft aneckt. „Liebes", würde ich sagen, „alles wird gut. Der Kampf mit den Haaren, der lohnt sich nicht. Der Kampf dafür, dass du dich selber magst, auf jeden Fall. Und das mit dem Humor, das braucht einfach noch ein bisschen. Warte einfach 20, 30 Jahre. Dann bekommt er sogar seine eigene Kolumne."

Dank

Mein herzlicher Dank geht an den Gatten und den Teenager. Meine beiden Herzensmenschen haben nicht nur viel zu diesen Texten beigesteuert, sondern auch deren Veröffentlichung stoisch über sich ergehen lassen.

Ein großes Dankeschön gilt zudem Eva Chloupek, Redaktionsleiterin des EICHSTÄTTER KURIER und langjährige journalistische Wegbegleiterin, die meinen CORONotizen den Weg in die Zeitung geebnet hat; meinen Chefs und Kollegen der Magenta 4 GmbH, die ich im Homeoffice um so mehr zu schätzen wusste; Hans-Peter Schneider und Melanie Arzenheimer für die richtigen Worte zur richtigen Zeit; Matthias Anders für seine grafischen Zauberhände; Barbara Keil für ihre Adleraugen; allen Freunden und unbekannten Lesern, die mir so viel und schönes Feedback zu den CORONotizen gegeben haben.